Vente des Lundi 19 et Mardi 20 Février

HOTEL DROUOT, SALLE N° 3

A DEUX HEURES DE RELEVÉE

TABLEAUX

AQUARELLES, DESSINS, GRAVURES

BELLE BROCHE EN DIAMANTS

DENTELLES

JOLI BUSTE EN MARBRE BLANC

Bronzes, Porcelaines de la Chine et du Japon, Armes, Curiosités
Étoffes anciennes, Fourrures, Tapis

MEUBLES ANCIENS ET MODERNES

EXPOSITION PUBLIQUE

Le Dimanche 18 Février 1883, de deux heures à cinq heures

<table>
<tr><td>Me E. LECOCQ</td><td>M. GEORGE</td></tr>
</table>

M^c E. LECOCQ	M. GEORGE
COMMIS^{re}-PRISEUR	EXPERT
rue de la Victoire, n° 20	rue Laffitte, n° 12

PARIS — 1883

Vᵉ RENOU, MAULDE et COCK

IMPRIMEURS DE LA COMPAGNIE DES COMMISSAIRES-PRISEURS

Rue de Rivoli, 144.

CATALOGUE

DE

TABLEAUX

ANCIENS ET MODERNES

AQUARELLES, DESSINS, GRAVURES

BELLE BROCHE EN DIAMANTS

DENTELLES

JOLI BUSTE EN MARBRE BLANC

Bronzes, Porcelaines de la Chine et du Japon, Armes, Curiosités
Étoffes anciennes, Fourrures, Tapis

MEUBLES ANCIENS ET MODERNES

DONT LA VENTE AURA LIEU

HOTEL DROUOT, SALLE N° 3

Les Lundi 19 et Mardi 20 Février 1883

A DEUX HEURES DE RELEVÉE

Par le ministère de Me **ÉMILE LECOCQ**, Commissaire-Priseur,
rue de la Victoire, 20,

Assisté de **M. GEORGE**, Expert, rue Laffitte, 12,

CHEZ LESQUELS SE TROUVE LE PRÉSENT CATALOGUE.

EXPOSITION PUBLIQUE

Le Dimanche 18 Février 1883, de 2 heures à 5 heures.

PARIS — 1883

CONDITIONS DE LA VENTE

—

La vente sera faite au comptant.

Les Acquéreurs paieront CINQ POUR CENT, en sus du prix d'adjudication.

ORDRE DE LA VENTE

—

Le Lundi 19 *Février* 1883

Gravures, Dessins, Aquarelles, Tableaux, Diamants, Dentelles, Marbre, Bronzes, Armes, Curiosités.

NOTA. — **La Broche en diamants sera vendue à 3 h. 1/2 précises.**

Le Mardi 20 *Février* 1883

Suite des Curiosités, Étoffes anciennes, Fourrures, Tapis.

DÉSIGNATION

BIJOUX, DIAMANTS

1 — Très beau Bouquet de corsage, monture en argent
ornée de brillants, composé de quatre fleurettes
de chacune desquelles s'échappent cinq penden-
tifs; la fleurette du bas est retenue par un nœud
de ruban Louis XVI avec pendeloques.

   Dans le haut, à droite et à gauche de la broche,
deux nœuds de rubans Louis XVI se terminant
par un pendentif, et soutenant chacun un bran-
chage de feuillage et fleurs, reliés ensemble par
cinq pendeloques.

2 — Médaillon Louis XV en argent ciselé et doré, orné
de deux miniatures (Portraits de femmes).

3 — Broche ovale Louis XVI en marcassite, avec mi-
niature (Personnages Louis XV à cheval).

4 — Cinq petites Miniatures sur porcelaine, pour mon-
tures de broches et boutons de manchettes.

DENTELLES

5 — Un lot de Dentelles blanches en Valenciennes et
applications (Sera divisé).

6-7 — Deux Volants en guipure noire.

TABLEAUX

—

COLIN-LIBOUR

8 — Les Saltimbanques.

Salon de 1880.

9 — La jeune Mère.

Salon de 1882.

10 — Tête de jeune fille.

DIAZ (Attribué à)

11 — Mare sous bois.

ÉCOLE FRANÇAISE

12 — Orfévrerie.

ÉCOLE HOLLANDAISE

13 — Rentrée des troupeaux.

Vente Lebas.

INCONNU

14 — Pifferaro.

JAPY

15 — Pommiers en fleurs.

LEBRUN (Genre de)

16 — Saint Louis en prière.

PORBUS (École de)

17 — Portrait d'homme.

PATZO

18 — Femme turque et Enfants.
19 — Jeune Fille turque jouant de la mandoline.
20 — Église Saint-Jean, à Elbeuf.

ROSA DE TIVOLI

21 — Bestiaux.

ROSSI

22 — Vue d'Orient.

23 — Vue de Rome.

SNYDERS (Fr.)

24 — Fruits et Légumes.

TENIERS (Attribué à)

25 — Villageois au cabaret.

TERWESTEN (A.)

26 — La Charité.

Grand tableau signé et daté.

UCHTERVELT (Attribué.

27 — La Ménagère hollandaise.

VAN GOYEN (Attribué à)

28 — Château au bord d'une rivière.

AQUARELLES ET DESSINS

—

BENARD (E.)

29 — Intérieur d'église d'Italie.

Aquarelle.

DESCAVES (A.)

30 — Virginie.

Mine de plomb.

INCONNU

31-32 — Deux Dessins (Bas-Reliefs) d'après l'antique.

ECOLE FRANÇAISE

33 — Mars et Vénus.

Mine de plomb.

FRERE (Th.)

34 — Ruines dans le désert.

Crayon rehaussé.

LEMERCIER

35 — Chapelle du château de Versailles.

Aquarelle.

VERNET (Horace)

36 — Porte-Drapeau à cheval.

Croquis au crayon.

GRAVURES

—

37-46 — Dix Gravures anciennes encadrées (Sera divisé).

—

CURIOSITÉS

47 — Jeu de Cartes du xvii° siècle, gravé sous le règne de Louis XIV, portant les armoiries du pape Innocent XI, qui régna de 1676 à 1689.

Le Jeu est complet, et chacune des cartes le composant comporte des armoiries différentes. Pièce très curieuse et très rare.

48-49 — Deux Médaillons ovale et rond, très anciens, bois sculpté, représentant les apôtres Staint-Pierre et Saint-Paul.

50 — Éventail ancien orné de peintures; sujets pastoraux.

51-54 — Quatre petites Statuettes en bois sculpté.

55 — Petit Sarcophage en pierre.

56 — Médaillon ovale en faïence de Sèvres décorée (l'Hiver).

57-59 — Trois Pierres, forme dalle, en mosaïque ancienne.

60 — Vitrail ancien.

61-62 — Deux Têtes antiques en pierre.

63-64 — Deux Médaillons en porcelaine de Saxe.

65 — Différentes Pièces en porcelaine de la Chine et du Japon (Sera divisé).

ARMES

66 — Un Fusil de chasse à deux coups, à pierre, époque Louis XV, de Charlie, arquebusier à Paris

67 — Fusil arabe.

68 — Yagatan, dans son fourreau garni en cuivre.

69 — Un Sabre, quatre Épées et deux Fleurets.

BRONZES

70 — Deux très beaux et grands Vases en porcelaine de Sèvres, bleu lapis, montés en bronze ciselé et doré, style Louis XV, surmontés d'un bouquet à 12 lumières en bronze doré, même style.

71 — Suspension de salle à manger, à 9 lumières, et lampe modérateur en bronze nickelé.

72-73 — Deux Statuettes en bronze, sur socle en marbre (*Voltaire* et *Rousseau*).

74 — Groupe équestre de Napoléon III en métal blanc argenté.

75 — Petite Jardinière en cuivre argenté.

75 *bis.* — Appareil d'éclairage pour billard, avec ses lampes modérateur en bronze.

MARBRE

76 — Beau Buste en marbre blanc (*Rébecca*).

MEUBLES ANCIENS ET MODERNES

77 — Beau Meuble de salon en bois doré, composé de deux grands Canapés, quatre Fauteuils, six Chaises; le tout recouvert en étoffe de satin grenat.

78 — Grand Canapé d'encoignure, recouvert en satin grenat.

79 — Quatre Rideaux de croisée en satin grenat, avec galeries en bois doré.

80 — Joli Canapé d'encoignure, recouvert en étoffe Daghestan.

81 — Deux Fauteuils capitonnés, recouverts en étoffe orientale.

82 — Canapé causeuse, bois recouvert en étoffe orientale brochée.

83 — Chaise en satin rose, avec bande de tapisserie à la main.

84 — Table à jeu de tric-trac, époque Louis XV, en palissandre.

85 — Petit Canapé, recouvert en drap bleu brodé.

86 — Table à ouvrage en laque de Chine, à dessins or, sur fond noir, avec accessoires en ivoire.

87 — Commode Louis XV en marqueterie de bois rose, ornée de bronzes, à dessus de marbre.

88 — Vitrine avec incrustations de nacre et écaille.

89 — Commode Louis XV en noyer de Russie, ornée de bronzes, à dessus de marbre.

90 — Table de Salon, style Louis XV, en bois noir et incrustation de cuivre.

91-92 — Deux Jardinières en marqueterie de cuivre et
écaille.

93 — Table à Jeu, style Louis XV, en bois noir et
incrustation de cuivre.

———

ÉTOFFES ANCIENNES, TAPIS
FOURRURES

94 — Un lot d'Etoffes anciennes (Sera divisé).

95 — Plusieurs Tapis en fourrures diverses (Sera divisé).

96 — Plusieurs Tapis et Portières d'Orient (Sera divisé).

97 — Sous ce numéro, les Objets non catalogués.

Vᵉ Renou, Maulde et Cock, imprˢ de la Compagnie des Commissaires-Priseurs,
rue de Rivoli 144.   35451